Vente du Jeudi 1ᵉʳ Février 1877

MINIATURES

et

AUTOGRAPHES

CONCERNANT

MARIE-ANTOINETTE

et la

FAMILLE ROYALE

COMMISSAIRE PRISEUR

Mᵉ MAURICE DELESTRE

27, rue Drouot, 27

EXPERTS

M. CHARLES MANNHEIM   M. ÉTIENNE CHARAVAY
RUE SAINT-GEORGES, 7   RUE DE SEINE, 51

PARIS — 1877

Paris. — Imp. Motteroz, 31. du Dragon.

MINIATURES

et

AUTOGRAPHES

CONCERNANT

MARIE-ANTOINETTE

et

LA FAMILLE ROYALE

MINIATURES

et

AUTOGRAPHES

CONCERNANT

MARIE-ANTOINETTE

et

LA FAMILLE ROYALE

Provenant de la Duchesse

YOLANDE DE POLIGNAC

GOUVERNANTE DES ENFANTS DE FRANCE

La vente aura lieu à Paris

HOTEL DROUOT, SALLE N° 6

LE JEUDI 1er FÉVRIER 1877

A 3 heures précises

Mᵉ MAURICE DELESTRE, COMMISSAIRE PRISEUR

Rue Drouot, n° 27

Sucʳ de M. DELBERGUE-CORMONT

ASSISTÉ DE

M. CHARLES MANNHEIM, EXPERT | M. ETIENNE CHARAVAY, ARCHIVISTE

Rue Saint-Georges, n° 7   Rue de Seine, n° 51

EXPOSITION PARTICULIÈRE : Le Mercredi 31 Janvier

DE UNE HEURE A CINQ HEURES

EXPOSITION PUBLIQUE : Le Jour de la Vente, 1er Février

DE UNE HEURE A TROIS HEURES

CONDITIONS DE LA VENTE

Elle sera faite au comptant.

Les Acquéreurs payeront 5 o/o en sus des enchères.

MM. Mannheim et Étienne Charavay, experts, rempliront les commissions des personnes qui ne pourraient assister à la vente.

L'Authenticité des Autographes est garantie.

ABRÉVIATIONS

L. A. S. Lettre autographe signée

L. A. Lettre autographe

L. S. Lettre signée

P. Page

ORDRE DE LA VACATION

1° Miniatures

2° Autographes .

LES *objets qui sont décrits dans cette notice présentent un intérêt et une valeur tout à fait exceptionnels. Ils concernent Louis XVI, Marie-Antoinette et la famille royale, et ils proviennent d'une maison illustre, celle de Polignac.*

Ce sont d'abord neuf portraits en miniature, dont la plupart ont été exécutés par un artiste habile, Sicardi, peintre de Marie-Antoinette, et qui tous ont été offerts par la Reine à son amie la plus intime, la duchesse Yolande de Polignac, gouvernante des enfants de France.

A côté de ces miniatures, dont nous n'avons pas besoin de faire ressortir le puissant intérêt, sont placées des lettres autographes, non moins précieuses, de Louis XVI, de Marie-Antoinette, de Madame Élisabeth, de la duchesse d'Angoulême, de Charlotte, la sœur de la Reine, etc., toutes adressées à la duchesse Yolande de Polignac et à la comtesse Diane, sa belle-sœur. Les joyaux de cette réunion sont la lettre du jeune dauphin Louis XVII, qui est tout à la fois un autographe unique et une touchante page d'histoire, et la lettre du duc de Berri dans laquelle le jeune prince, âgé de quatorze ans, réclame si crânement d'aller à la guerre.

Nous ne pensons pas qu'on puisse désirer un ensemble plus précieux par l'intérêt historique et par le souvenir touchant qui s'y rattachent. Le culte pour la personne de Marie-Antoinette est trop répandu aujourd'hui pour que de telles reliques ne soient pas recueillies par le public avec un empressement respectueux, et nous sommes certains que les amateurs d'objets d'art et les fervents admirateurs de la Reine apprécieront, comme il convient, les miniatures et les autographes dont nous allons donner la description.

MINIATURES

1. PORTRAIT DE LA REINE MARIE-ANTOINETTE.

Grande et belle miniature ronde, sur ivoire, attribuée à SICARDI. La Reine, vue de trois quarts, et assise près d'une table, est vêtue d'un élégant costume de chasse; elle tient une cravache de la main droite. Son chapeau à plumes blanches est posé sur la table.

Cette belle miniature est encadrée d'un cercle d'or enrichi d'un rang de demi-perles, et elle est montée sur une boîte ronde en écaille blonde à gorge en or.

2. PORTRAIT DE MADAME ÉLISABETH, SŒUR DU ROI.

Jolie miniature ovale, par Mlle M. CAPET (signée). Vue de trois quarts et tournée vers la gauche; la Princesse est vêtue d'un corsage rayé bleu et blanc, à collet; sa coiffure est de même nuance.

Cette miniature est montée dans un médaillon ovale en or.

3. PORTRAIT DU DUC DE NORMANDIE, DEPUIS LOUIS XVII.

Miniature ovale, sur ivoire, par SICARDI, 1787. Vu de face, vêtu d'un costume nankin avec collerette plissée; le Prince porte le grand cordon bleu et la plaque de l'ordre du Saint-Esprit.

4. PORTRAIT DU DUC D'ANGOULÊME.

Miniature ronde, sur ivoire, par SICARDI, 1788. Le jeune Prince, vêtu de blanc et d'une ceinture bleue, est assis sur un tertre ; il tient un panier de cerises entre ses jambes et une poignée de cerises dans sa main gauche.

Cette miniature est montée sur une boîte d'écaille blonde, dans laquelle se trouve une mèche de cheveux du jeune prince.

5. PORTRAIT DU DUC DE BERRY.

Miniature ronde, sur ivoire, attribuée à SICARDI. Comme dans la miniature qui précède, le jeune Prince est vêtu de blanc et porte une ceinture bleue. Il est assis sur un tapis, bat de la main gauche une caisse fleurdelisée et tient de son bras droit un chien qui semble vouloir fuir. Cette miniature est montée dans un cadre en or ciselé.

6. PORTRAIT DE LOUIS XVII.

Miniature sur ivoire légèrement cambrée, montée en bague d'or et attribuée à SICARDI. Vu de face, le jeune Dauphin porte le grand cordon bleu et la plaque de l'ordre du Saint-Esprit.

7. PORTRAIT DE LA DUCHESSE D'ANGOULÊME.

Miniature sur ivoire, montée en bague d'or.

8. PORTRAIT DU PREMIER DAUPHIN, n. 1781, m. 1789.

Miniature sur ivoire, attribuée à SICARDI. Le jeune Prince est vu de profil et porte sur son habit bleu la plaque de l'ordre du Saint-Esprit.

9. PORTRAIT DE LA DUCHESSE D'ANGOULÊME.

Miniature ovale, sur ivoire, par SICARDI, 1786. Montée en médaillon d'or. Cette miniature est fendue.

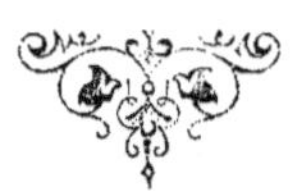

AUTOGRAPHES

10. **LOUIS XVI**, roi de France, n. 1754, décapité le 21 janvier 1793.

> L. A. S. à la duchesse de Polignac ; 15 juillet 1789, 1/4 de p. in-8.

Important document historique, écrit le lendemain de la prise de la Bastille. Le Roi accorde à la duchesse l'autorisation de voyager pour sa santé pendant plusieurs mois. (On sait que la duchesse, très-impopulaire, fut la première émigrée.)

11. **MARIE-ANTOINETTE**, reine de France, n. 1755, décapitée le 16 octobre 1793.

> L. A. à la duchesse de Polignac ; 23 mars (1792), 2 p. 1/4 in-8.

Superbe lettre où elle assure de son amitié la duchesse, qu'elle appelle *mon cher cœur*. Elle lui annonce la mort de son frère (l'empereur Léopold II, décédé le 1er mars). « La force et le courage que celui que je regrette a mis dans ses derniers moment forcent tout le monde à lui rendre justice et à l'admirer, et j'ose dire qu'il est mort digne de moi. » Suivent de touchants détails intimes. Elle se termine par ces mots : « Croyez que tant que j'aurai un cœur, il existera pour vous aimer. »

12. **LOUIS XVII**, dauphin de France, fils des précédents, n. le 27 mars 1785, m. au Temple, 8 juin 1795.

> L. A. à la duchesse de Polignac ; (novembre 1789), 1 p. 1/4 in-4.

Autographe rarissime et qu'on peut considérer comme unique. Il est merveilleux de naïveté touchante. On sent que c'est l'enfant lui-même qui a rédigé cette lettre précieuse à tous les titres, et où le jeune prince parle des journées des 5 et 6 octobre et de sa préparation à la première communion. C'est, sans contredit, le joyau de cette magnifique réunion d'autographes de la famille royale.

13. **ÉLISABETH DE FRANCE**, sœur de Louis XVI, n. 1764, décapitée le 10 mai 1794.

> L. A. à la comtesse Diane de Polignac ; (Paris, octobre ou novembre 1789), 3 p. 1/2 in-8.

Touchante lettre écrite après les fameuses journées des 5 et 6 octobre. Ils sont maintenant tranquilles, et la garde nationale est très-attentive, mais il a fallu se séparer des gardes du corps. La Reine a été bien en danger. « Je la crois plus en sûreté ici que partout ailleurs, et j'espère que pareille scène ne se recommencera pas. » Belles considérations sur la religion.

14. **ANGOULÊME** (Marie-Thérèse de France, duchesse d'), fille de Louis XVI et de Marie-Antoinette, n. le 19 déc. 1778, m. 19 oct. 1851.

L. A. à la duchesse de Polignac, à Rome : (vers 1789), 3/4 de p. in-8.

Charmante épître où elle lui annonce qu'elle vient de faire sa première communion. « Je vous promets que j'ai bien priée pour vous... J'ai délivrée trois prisonniers de mon propre argent... » Elle parle ensuite en termes touchants de sa mère (Marie-Antoinette).

15. **ANGOULÊME** (la duchesse d').

L. A. à la duchesse de Polignac, à Venise ; (vers 1789), 1 p. 1/2 in-8.

Très-jolie lettre où elle la remercie de la belle chaîne dont la duchesse lui a fait présent.

16. **ANGOULÊME** (la duchesse d').

L. A. S. au duc de Polignac ; (juin 1796), 1 p. pl. in-8.

Superbe lettre où elle déclare qu'elle conserve pour la duchesse de Polignac toute la reconnaissance qu'elle lui doit pour les soins qu'elle a pris de son enfance. — (Les lettres de la duchesse sont très-rares et très-recherchées.)

17. **ANGOULÊME** (Louis-Antoine de France, duc d'), fils aîné de Charles X, n. 1775, m. 1844.

L. A. S. au duc de Polignac ; Paris, 19 août 1814, 3/4 de p. in-4.

Il le remercie, en son nom et en celui de la duchesse d'Angoulême, des sentiments contenus dans sa lettre. Jules (qui fut le dernier ministre de Charles X) s'est fait considérer et aimer dans la partie du midi où le comte d'Artois l'avait envoyé en qualité de commissaire.

18. **BERRY** (Charles-Ferdinand d'Artois, duc de), fils de Charles X, père du comte de Chambord, n. 1778, assassiné en 1820.

L. A. S. à son père (le comte d'Artois) ; 7 mai 1791, 1 p. 1/2 in-4.

Lettre du plus haut intérêt, qui est une des perles de cette magnifique collection. — Le jeune duc, alors âgé de quatorze ans, se plaint, en termes énergiques, que son père le laisse dans l'inaction au lieu de le mener avec lui à la guerre. « Eh ! mon Dieu, à près de quatorze ans, n'est-on pas en état de manier un sabre. Auriez-vous oublié que c'est le sang d'Henri IV, que c'est le vôtre qui coule dans mes veines. »

19. **MARIE-JOSÉPHINE-LOUISE DE SAVOIE**, comtesse de Provence, femme de Louis XVIII.

L. A. S. à la comtesse Diane de Polignac ; Mittau, 27 nov. 1807, 1 p. 3/4 in-4.

Très-belle lettre remplie de détails de famille.

20. CHARLOTTE-LOUISE D'AUTRICHE, fille de l'impératrice Marie-Thérèse, sœur de Marie-Antoinette, reine de Naples, femme de Ferdinand Ier, n. 1752, m. 1814.

L. A. S. à la duchesse de Polignac; (Naples, juillet 1791), 2 p. 1/2 in-4.

Importante lettre historique où elle déplore l'arrestation du Roi et de la Reine à Varenne et leur retour à Paris. « Coment, après avoir durant une anée entière que trop parlé de cette évasion, est-elle si mal concerté, exécuté, et sans une persone ferme et sure pour les faire passer coute que coute. Une blessure, et, j'ose dire, la mort même étoit préférable à cet avilissant et douloureux retour. Je crois de sur que ma si malheureuse sœur n'y survivra point... » Elle annonce ensuite que son mari va se concerter avec l'Empereur pour agir contre la France et sauver les infortunés princes.

21. MARIE-CLÉMENTINE, archiduchesse d'Autriche, fille de l'empereur Léopold II, première femme du roi de Naples, François Ier, mère de la duchesse de Berri, n. 1777, m. 1801.

L. A. S. à la duchesse de Polignac, 3/4 de p. in-4.

Très-jolie lettre antérieure à son mariage qui eut lieu le 25 juin 1797. Elle est pleine de charmants détails intimes.

22. MARIE-ANNE, archiduchesse d'Autriche, sœur de la précédente, n 1770, m. abbesse à Prague, 1809.

L. A. S. à la duchesse de Polignac, 1 p. pl. in-4.

Témoignages d'amitié. Elle voudrait être rassurée sur le sort des princes (les comtes de Provence et d'Artois) et de tous les respectables émigrés.

23. FRÉDÉRIC-GUILLAUME II, roi de Prusse, n. 1744, m. 1797.

L. S. au duc de Polignac; camp d'Odalinq, 29 juill. 1794, 1/2 p. in-4.

En recommandant le comte Armand de Polignac au duc d'York, « j'ai suivi, dit-il, l'impulsion de l'intérêt constant que j'ai voué à la cause des Français expatriés. »

24. PAUL Ier, empereur de Russie, n. 1754, m. 1801.

L. S. au duc de Polignac; Saint-Pétersbourg, 18 déc. 1796, 1/2 p. in-4.

Il lui annonce qu'il vient de lui faire la concession de mille paysans en Lithuanie. « Je vous les accorde en toute propriété pour vous et vos descendants. »

25. MARIE, impératrice de Russie, femme du précédent.

L. S. à la comtesse Diane de Polignac; Saint-Pétersbourg, 1er mars 1797, 1 p. 1/4 in-4.

Elle lui annonce que l'Empereur de Russie a accordé au duc de Polignac, frère de la comtesse, la concession de mille paysans en Lithuanie.

26. ALEXANDRE Ier, empereur de Russie, n. 1777, m. 1825.

L. S. au duc de Polignac ; Moscou, 8 sept. 1801, 3/4 de p. in-4.

Il le remercie des vœux que le duc lui a adressés à l'occasion de son couronnement.

27. BRETEUIL (L.-Aug. Le Tonnelier, baron de), ministre de Louis XVI, n. 1733, m. 1807.

L. S. à la comtesse Diane de Polignac ; Versailles, 3 mai 1787, 1 p. 1/2 in-4.

Relative à la dame Macarty Mervé, qui a droit à la gratification de 900 livres « que le Roi a bien voulu accorder à la plus ancienne des femmes de chambre surnuméraires de Madame Elizabeth. »

28. RICHELIEU (Armand-Emmanuel-Sophie-Septimanie Du Plessis, duc de), ministre de Louis XVIII, n. 1766, m. 1822.

L. A. S. au duc de Polignac ; Paris, 12-31 oct. 1816, 1 p. in-4.

Importante lettre où il lui mande que son fils Jules (depuis ministre de Charles X) a enfin prêté le serment demandé à la chambre des Pairs. Les fils du duc de Polignac et le duc de Richelieu poursuivent le même but ; aussi les dissentiments politiques, qui existent entre lui et eux, ne sauraient être graves.

Paris. — Imp. Motteroz, 31, rue du Dragon.